"IL Y A DEUX HISTOIRES : L'HISTOIRE OFFICIELLE, MENTEUSE, PUIS L'HISTOIRE SECRÈTE, OÙ SONT LES VÉRITABLES CAUSES DES ÉVÉNEMENTS..."

HONORÉ DE BALZAC

LA LOGE NOIRE

Dessin : GUILLAUME MARTINEZ
Scénario : CÉDRIC RASSAT
Couleurs : PEDRO GIBBÖN

WILLIAM PANAMA

I ▲ Les Cloches de Watertown

Glénat

DANS LA MEME COLLECTION :

LA DERNIERE PROPHETIE
Gilles Chaillet
Tome I. **Voyage aux Enfers**
Tome II. **Les Dames d'Emèse**

LE GARDIEN DE LA LANCE
Ferry / Ersel
Tome I. **Les Frères**
Tome II. **Initiation**

LE LEGS DE L'ALCHIMISTE
Tanquerelle / Hubert
Tome I. **Joachim Overbeck**
Tome II. **Leonora von Stock**

LES MIROIRS DU TEMPS
Delmas / Wininger
Tome I. **Le retour des veilleurs**

POEME ROUGE
Savey / Wachs
Tome I. **Eliška**
Tome II. **Eleonara**

QUMRAN
Makyo / Abécassis / Gemine
Tome I. **Le rouleau du Messie**

LE TRIANGLE SECRET
Convard / Chaillet / Falque / Gine / Paul / Wachs
Tome I. **Le Testament du Fou**

Convard / Falque / Gine / Paul / Stalner / Wachs
Tome II. **Le Jeune Homme au suaire**

Convard / Falque / Gine / Kraehn / Paul / Wachs
Tome III. **De Cendre et d'Or**

Convard / Falque / Gine / Jusseaume / Paul / Wachs
Tome IV. **L'Evangile oublié**

Convard / Falque / Gine / Juillard / Paul / Wachs
Tome V. **L'Infâme mensonge**

Convard / Falque / Gine / Paul / Wachs
Tome VI. **La parole perdue**

Convard / Falque / Gine / Paul / Wachs
Tome VII. **L'imposteur**

Les auteurs remercient Franck.
Guillaume Martinez dédie cet album à Pauline.
Cédric Rassat dédie cet album à
Henri Salvador et au petit Arsène.

Dépôt légal mars 2003
Achevé d'imprimer en France en mars 2003
Impression et reliure : Pollina s.a., 85400 LUÇON - N° L89110

PAW
VRR...
RROOO

...5!
... ET 6 !!
JE DEVIENS BON.
C'EST INQUIÉTANT.
TOC
TOC
ENTREZ !
MONSIEUR PANAMA ?

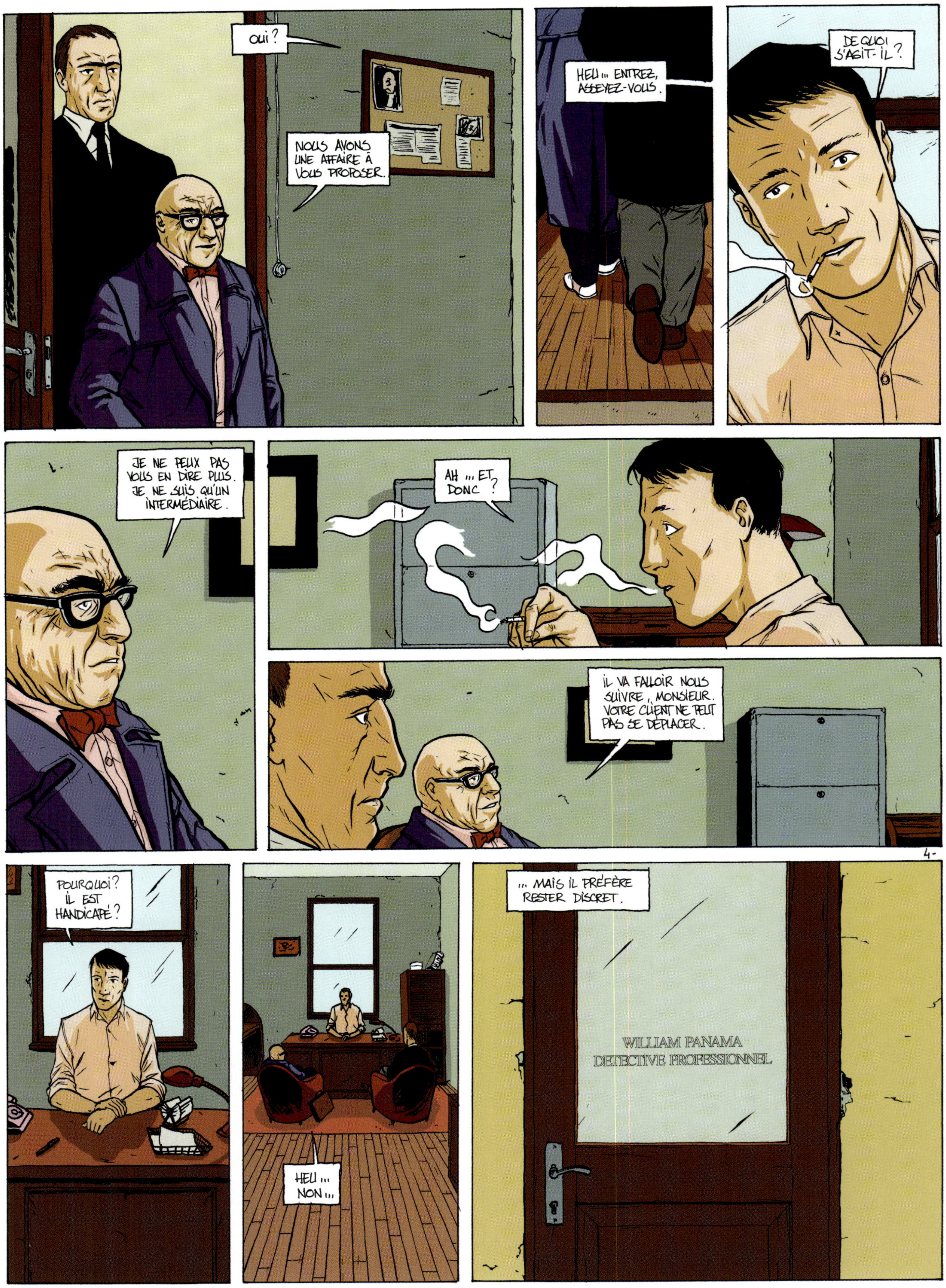
OUI ?
NOUS AVONS UNE AFFAIRE À VOUS PROPOSER.
HEU... ENTREZ, ASSEYEZ-VOUS.
DE QUOI S'AGIT-IL ?
JE NE PEUX PAS VOUS EN DIRE PLUS. JE NE SUIS QU'UN INTERMÉDIAIRE.
AH ... ET DONC ?
IL VA FALLOIR NOUS SUIVRE, MONSIEUR. VOTRE CLIENT NE PEUT PAS SE DÉPLACER.
4-
POURQUOI ? IL EST HANDICAPÉ ?
HEU... NON...
... MAIS IL PRÉFÈRE RESTER DISCRET.
WILLIAM PANAMA
DETECTIVE PROFESSIONNEL

ANTICS
COHEN'S
ATTENDEZ, CE N'EST PAS PAR LÀ QU'HABITE LA FAMILLE GRIMMLER?
MINCE ... QU'EST-CE QUE ÇA SIGNIFIE ?
MONSIEUR GRIMMLER VOUS EXPLIQUERA.
BONJOUR, MONSIEUR PANAMA.
JE ME PRÉSENTE : HERMANN GRIMMLER.

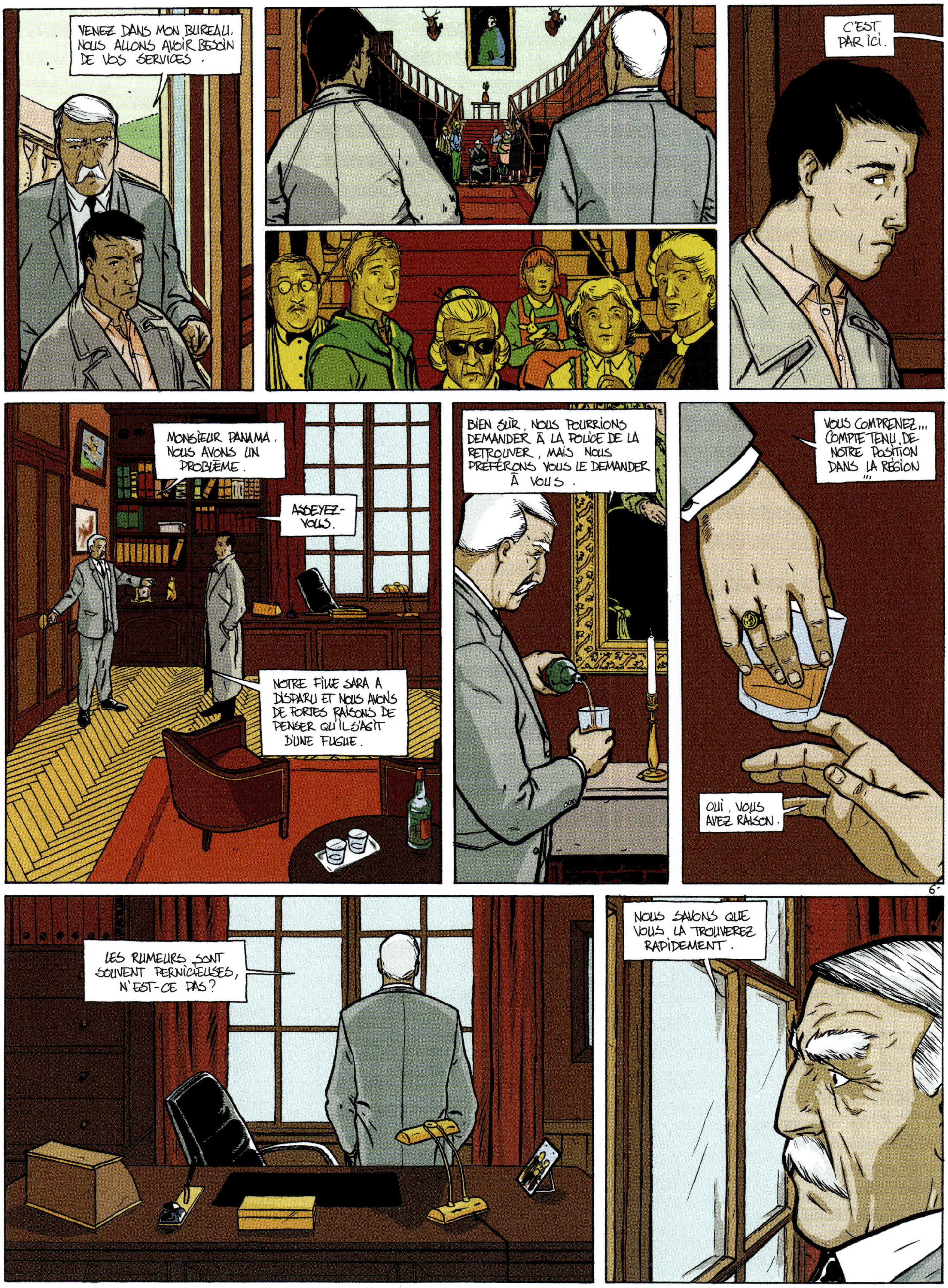
VENEZ DANS MON BUREAU. NOUS ALLONS AVOIR BESOIN DE VOS SERVICES.
C'EST PAR ICI.
MONSIEUR PANAMA, NOUS AVONS UN PROBLÈME.
ASSEYEZ-VOUS.
NOTRE FILLE SARA A DISPARU ET NOUS AVONS DE FORTES RAISONS DE PENSER QU'IL S'AGIT D'UNE FUGUE.
BIEN SÛR, NOUS POURRIONS DEMANDER À LA POLICE DE LA RETROUVER, MAIS NOUS PRÉFÉRONS VOUS LE DEMANDER À VOUS.
VOUS COMPRENEZ... COMPTE TENU DE NOTRE POSITION DANS LA RÉGION...
OUI, VOUS AVEZ RAISON.
LES RUMEURS SONT SOUVENT PERNICIEUSES, N'EST-CE PAS?
NOUS SAVONS QUE VOUS LA TROUVEREZ RAPIDEMENT.

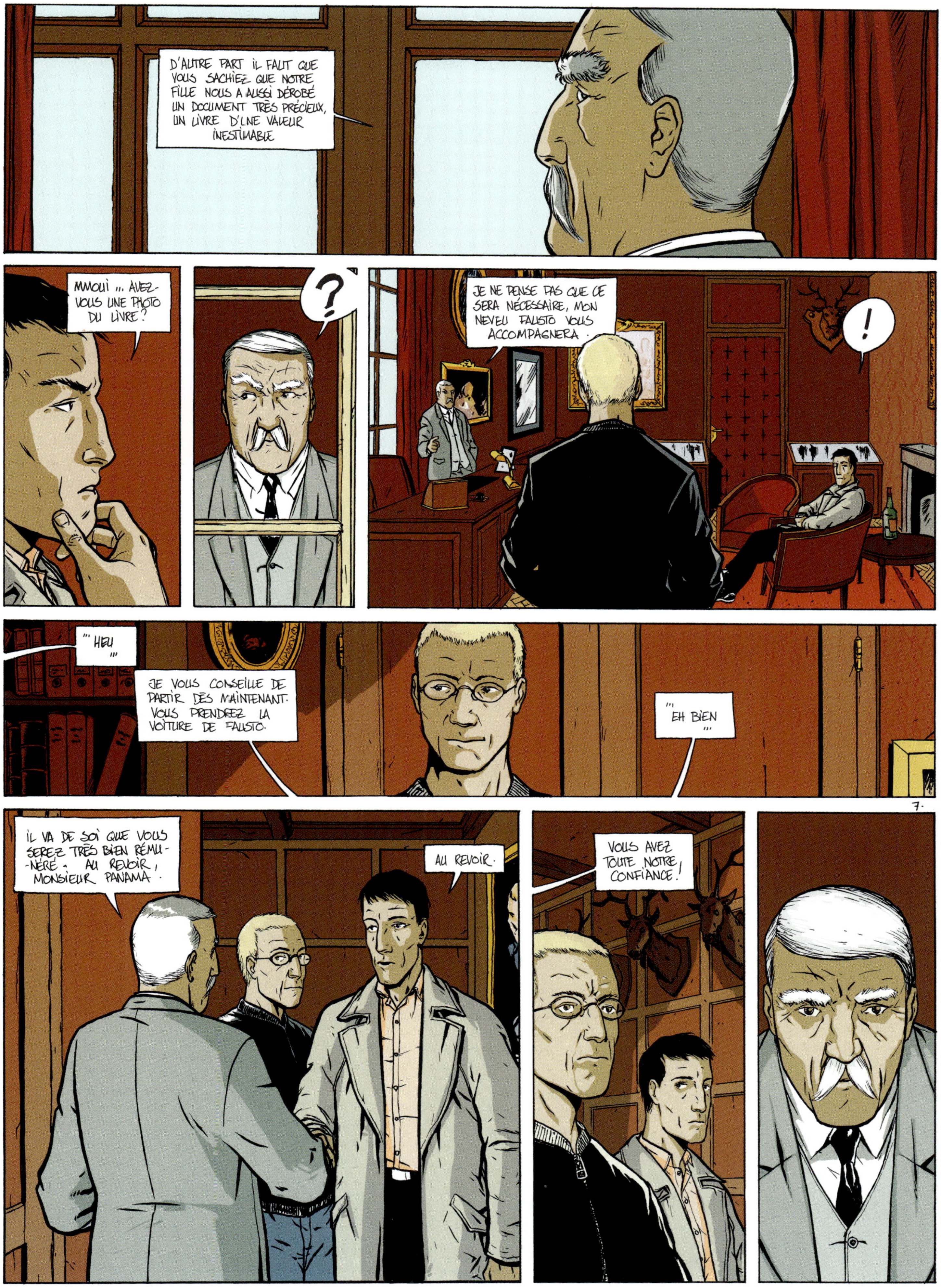

D'AUTRE PART IL FAUT QUE VOUS SACHIEZ QUE NOTRE FILLE NOUS A AUSSI DÉROBÉ UN DOCUMENT TRÈS PRÉCIEUX, UN LIVRE D'UNE VALEUR INESTIMABLE
MMOUI ... AVEZ-VOUS UNE PHOTO DU LIVRE?
?
JE NE PENSE PAS QUE CE SERA NÉCESSAIRE, MON NEVEU FAUSTO VOUS ACCOMPAGNERA.
!
... HEU ...
JE VOUS CONSEILLE DE PARTIR DÈS MAINTENANT. VOUS PRENDREZ LA VOITURE DE FAUSTO.
... EH BIEN ...
IL VA DE SOI QUE VOUS SEREZ TRÈS BIEN RÉMUNÉRÉ. AU REVOIR, MONSIEUR PANAMA.
AU REVOIR.
VOUS AVEZ TOUTE NOTRE CONFIANCE!
7.

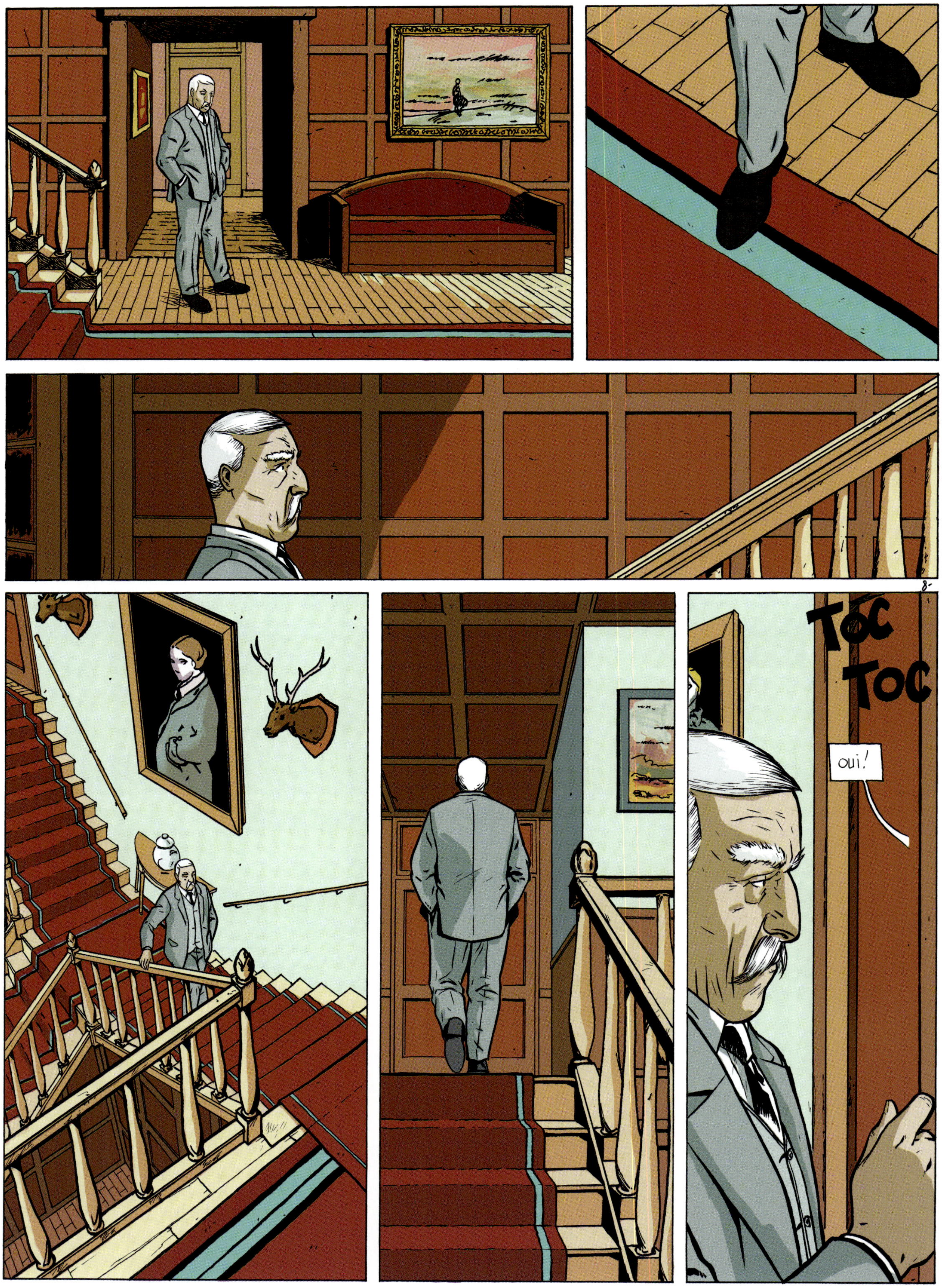
TOC
TOC
oui!

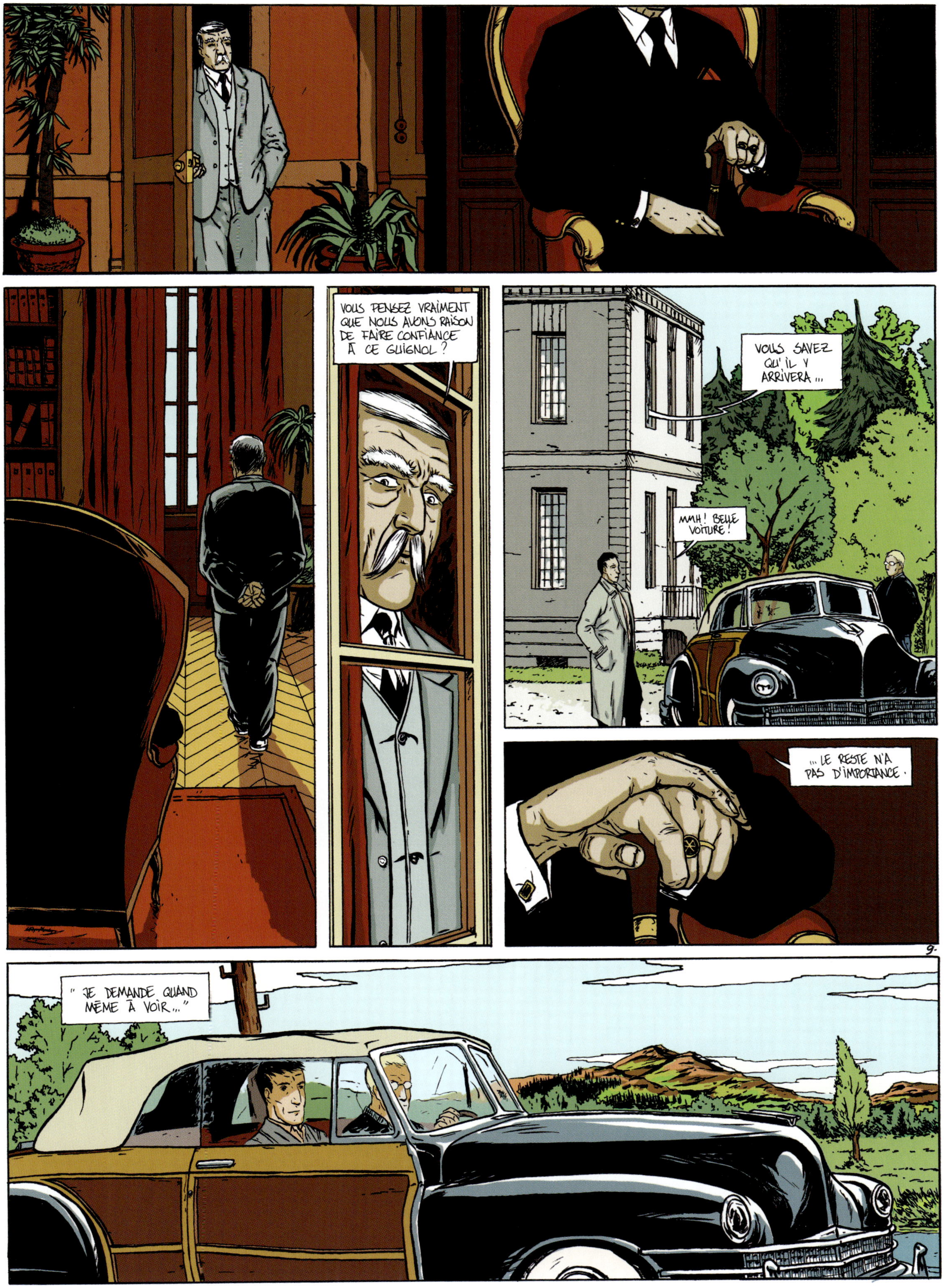
VOUS PENSEZ VRAIMENT QUE NOUS AVONS RAISON DE FAIRE CONFIANCE À CE GUIGNOL ?
VOUS SAVEZ QU'IL Y ARRIVERA...
MMH ! BELLE VOITURE !
... LE RESTE N'A PAS D'IMPORTANCE.
" JE DEMANDE QUAND MÊME À VOIR..."

VOTRE PRÉNOM ... C'EST UN HOMMAGE À FAUSTO COPPI, LE COUREUR CYCLISTE ?
OUI, C'EST ÇA.
ET VOUS, VOUS FAITES DU VÉLO ?
NON.
ÇA FAIT LONGTEMPS QUE VOUS FAITES CE MÉTIER ?
EH BIEN... DISONS QUE J'AI DÉJÀ RÉSOLU DES AFFAIRES QUE BEAUCOUP CONSIDÉRAIENT COMME INSOLUBLES ...
... JE PENSE QUE C'EST POUR ÇA QUE VOTRE ONCLE M'A ENGAGÉ.
OUI, SÛREMENT ...
ENSUITE, J'AI FAIT UNE LONGUE PAUSE JUSQU'À MON INSTALLATION EN VILLE.

SARA AUSSI HABITAIT EN VILLE.
AH BON ?
OUI, DANS LE CAMPUS, PRÈS DE LA RIVIÈRE.
JE PENSE QU'ON POURRAIT ALLER Y FAIRE UN TOUR.
C'EST UNE IDÉE ...

VOILÀ, NOUS Y SOMMES.
VOUS VOULEZ VOIR UNE PHOTO DE SARA ?
POURQUOI, VOUS PENSEZ QU'ELLE EST ENCORE LÀ ?
NON, MAIS PUISQUE VOUS LA CHERCHEZ ...
FAITES VOIR.
MMM, JOLIE !
CE N'EST PAS CE QU'ON VOUS DEMANDE.
JE GARDE LA PHOTO, ELLE POURRAIT NOUS ÊTRE UTILE.
C'EST À QUEL ÉTAGE ?
TROISIÈME.

13-

HÉ !
QUOI ?
HEU ...
NON, RIEN ...
C'EST PAR LÀ, AU FOND DU COULOIR.
3rd
BIZARRE, C'EST OUVERT ...
TOC TOC
QUOI ENCORE ?
COMMENT ÇA "ENCORE" ?
BEN, IL Y A DÉJÀ UN TYPE QUI ...
MOJO
?!

CONNAISSEZ-VOUS CETTE FEMME ?
ÉVIDEMMENT, ELLE HABITAIT LÀ...
VRRROOO

RIEN TROUVÉ !
EDWARD HOPPER
VOUS CHERCHIEZ QUOI, DE TOUTE FAÇON ?
EUH...
NOUS NE SOMMES PLUS SEULS SUR LE COUP. IL VA FALLOIR SE DÉPÊCHER ...
D'ACCORD, MAIS OÙ ALLER ?
IL N'Y A PLUS QU'UNE SOLUTION.
LAQUELLE ?
PRENEZ CES CARTES.
MAIS ... CE SONT DES CARTES DE TAROT !
LANCEZ-LES EN L'AIR.
COMMENT ?
Haring
FAITES CE QUE JE VOUS DIS !

!
TAK
THE SUN
XVIII
EDW
HOR
LE SOLEIL ... QU'EST-CE QUE ÇA VOUS ÉVOQUE ?
VOUS FAITES QUOI, LÀ ?
SI JE VOUS DIS "LE SOLEIL", VOUS PENSEZ À QUOI ???
BEN, À LA PLAGE, MAIS ...
TRÈS BIEN !
NORTHEASTERN USA
OÙ SE TROUVE LA STATION BALNÉAIRE LA PLUS PROCHE ?
À MON AVIS, IL FAUDRAIT ALLER VERS LE SUD, DU CÔTÉ DU BARRAGE DE WATERTOWN.
Georgian
Bay
SCARBOROUGH
BUFFALO

TRÈS BIEN ! SI ON PART TOUT DE SUITE, ON A DES CHANCES D'Y ARRIVER AVANT LA NUIT.
ATTENDEZ...
... VOS CARTES !
QUE VOULEZ-VOUS FAIRE AVEC 21 CARTES ?
EH BIEN, EUH... BON D'ACCORD !
WATERTOWN 13 Miles.
SPEED LIMIT 30
IL VA FALLOIR FAIRE LE TOUR DU LAC. LA ROUTE NE PASSE QUE D'UN CÔTÉ.
18-

IMPRESSIONNANT!
REGARDEZ LA ROUTE, SI ÇA NE VOUS DÉRANGE PAS.
TIENS, ON DIRAIT QUE ÇA SE COUVRE...
19-
KRAUMMMM

HOU LÀ, ON N'Y VOIT RIEN AVEC TOUTE CETTE PLUIE !
RALENTISSEZ UN PEU, JE TIENS À CETTE VOITURE.
DE TOUTE FAÇON, JE NE PEUX PAS FAIRE AUTREMENT.
BON SANG ! JE VOUS AVAIS DIT DE FAIRE ATTENTION !
VOUS AVEZ VU ?!

QUOI DONC?
VOTRE COUSINE... SARA... ELLE ÉTAIT JUSTE LÀ!
QU'EST-CE QUE VOUS RACONTEZ?... VOUS DIVAGUEZ!
JE VOUS ASSURE QU'ELLE ÉTAIT LÀ... ELLE M'A REGARDÉ...
DÉSOLÉ, IL N'Y A PERSONNE!
JE SUIS POURTANT SÛR DE L'AVOIR VUE.
VOUS, VOUS CONDUISEZ DEUX HEURES ET VOUS AVEZ DES HALLUCINATIONS... C'EST INQUIÉTANT...
MAIS... POURTANT...
21-
ET QU'EST-CE QU'ELLE FERAIT LÀ, D'ABORD? ON EST EN PLEINE CAMPAGNE, À PLUS DE SIX MILES DE LA VILLE!

VOUS AVEZ SANS DOUTE RAISON...
ALLEZ, JE VAIS REPRENDRE LE VOLANT.
!
VLAN
RROOOOOO

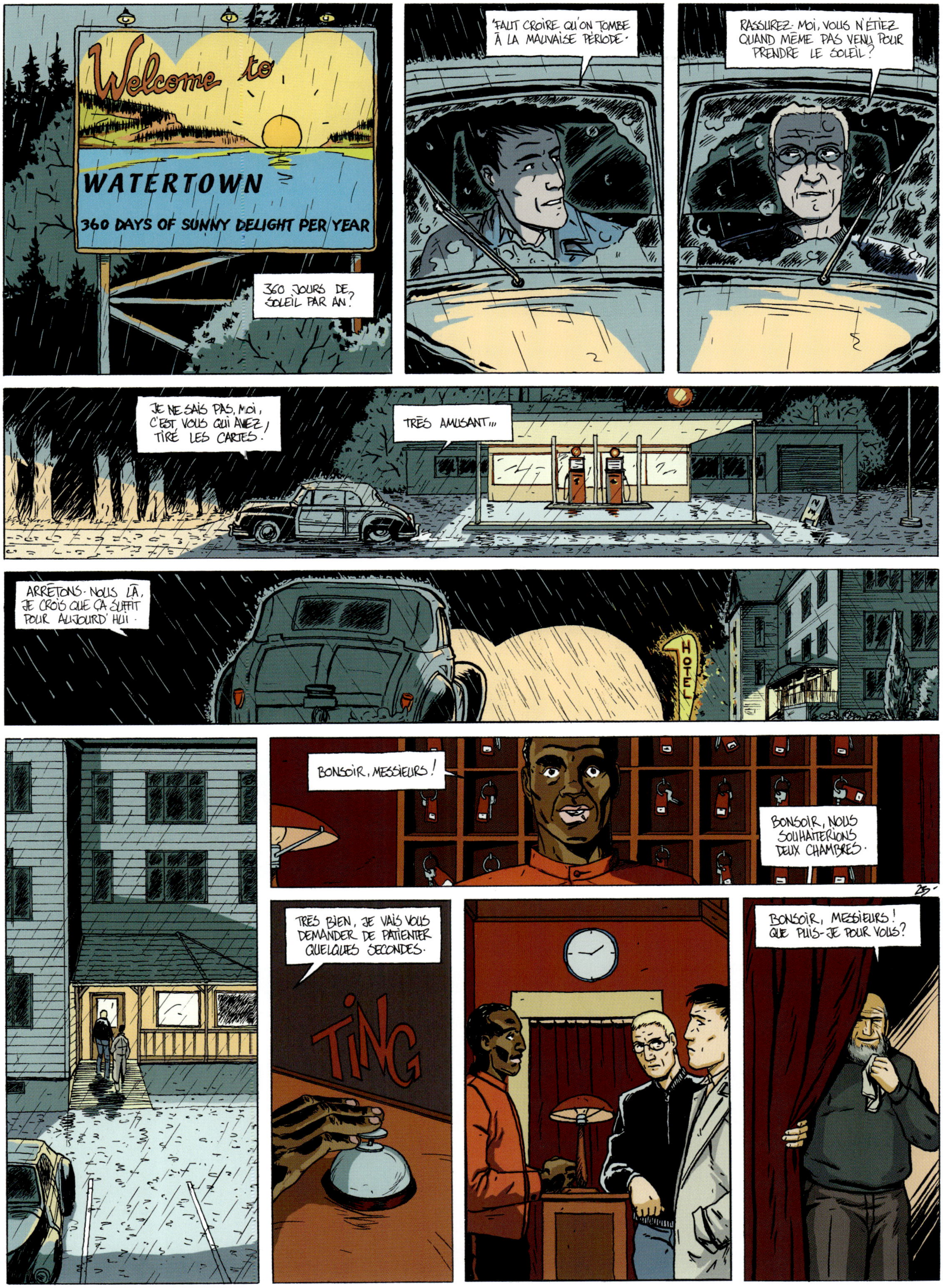
Welcome to
WATERTOWN
360 DAYS OF SUNNY DELIGHT PER YEAR
360 JOURS DE SOLEIL PAR AN ?
'FAUT CROIRE QU'ON TOMBE À LA MAUVAISE PÉRIODE.
RASSUREZ-MOI, VOUS N'ÉTIEZ QUAND MÊME PAS VENU POUR PRENDRE LE SOLEIL ?
JE NE SAIS PAS, MOI, C'EST VOUS QUI AVEZ TIRÉ LES CARTES !
TRÈS AMUSANT...
ARRÊTONS-NOUS LÀ, JE CROIS QUE ÇA SUFFIT POUR AUJOURD'HUI.
HOTEL
BONSOIR, MESSIEURS !
BONSOIR, NOUS SOUHAITERIONS DEUX CHAMBRES.
TRÈS BIEN, JE VAIS VOUS DEMANDER DE PATIENTER QUELQUES SECONDES.
TING
BONSOIR, MESSIEURS ! QUE PUIS-JE POUR VOUS ?

EH BIEN, NOUS SOUHAITERIONS DEUX CHAMBRES.
DEUX CHAMBRES, EST-CE QUE C'EST POSSIBLE, ÇA, ERNEST ?
OUI. TOUT À FAIT ! JE PROPOSE LA 21 ET LA 22.
LA 21 ET LA 22 ? MAGNIFIQUE !
ET POUR VOUS FÉLICITER, PERMETTEZ-MOI DE VOUS OFFRIR UN PETIT COGNAC !
ALORS, QU'EST-CE QUI VOUS AMÈNE À WATERTOWN ?
EH BIEN, UNE AFFAIRE ...
UNE AFFAIRE ? ICI, DANS LA CITÉ DU SOLEIL ? IL VA FALLOIR QUE VOUS M'EXPLIQUIEZ ...
JE NE CROIS PAS, NON ...
24.
PARLEZ-NOUS PLUTÔT DE WATERTOWN ... D'OÙ VIENT CE NOM ?
?
OH, LÀ, C'EST UNE LONGUE HISTOIRE !

EN FAIT, WATERTOWN EST LA RÉPLIQUE EXACTE DE LA VILLE QUI SE TROUVAIT DANS LA VALLÉE AVANT LA CONSTRUCTION DU BARRAGE. ON L'A JUSTE RECONSTRUITE À L'IDENTIQUE, MAIS PLUS HAUT, C'EST-À-DIRE ICI MÊME.
HOTEL
ET LE NOM ?
EH BIEN, PENDANT UN TEMPS, ON AVAIT PENSÉ L'APPELER "TWIN TOWN", MAIS LA PERSPECTIVE D'EN FAIRE UNE STATION BALNÉAIRE A FAIT PENCHER LA BALANCE POUR "WATERTOWN".
INTÉRESSANT... VOUS VOULEZ DIRE QUE L'ORIGINAL DE CET HÔTEL, PAR EXEMPLE, SE TROUVE SOUS LE LAC ?
OUI, CET HÔTEL, L'ÉGLISE ET TOUT LE RESTE.
Welcom
WATER
D'AILLEURS, ON RACONTE QUE DES PLAISANCIERS AURAIENT ENTENDU SONNER LES CLOCHES DE L'ÉGLISE ENGLOUTIE...
TRÈS BIEN ! JE CROIS QU'IL EST TEMPS D'ALLER SE COUCHER !
25.
ATTENDEZ ! VOUS NE M'AVEZ PAS DIT CE QUE VOUS FAISIEZ ICI.
RIEN D'IMPORTANT, RASSUREZ-VOUS. VOUS VENEZ, PANAMA ?
VOUS, VOUS SAVEZ DES CHOSES QUE VOUS VOULEZ CACHER !
TAC
EUH, JE M'EXCUSE, JE VAIS DORMIR...

PWOOO...
CHARO
PWOOO...
...
EXCUSEZ-MOI
...
CONNAISSEZ-VOUS LE CHEMIN DE JÉRUSALEM ?

JÉRUSALEM ?
ALLEZ, NE FAITES PAS L'INNOCENT, JE SAIS BIEN QUE VOUS EN SAVEZ PLUS QUE CE QUE VOUS DITES ...
MAIS ... VOUS VOUS TROMPEZ DE CONTINENT !
POURQUOI MENTEZ-VOUS COMME ÇA ?!
MAIS ENFIN, QU'EST-CE QUE ...
MONSIEUR PANAMA !
MADEMOISELLE GRIMMLER ?
VENEZ.
CHARON
EST-CE QUE VOUS AVEZ LE LIVRE ?
SUIVEZ-MOI.

MAIS... IL N'Y A PAS PAS D'EAU ???
OUI, C'EST TRÈS ÉTANCHE...
ÇA, JE NE VOUS LE FAIS PAS DIRE : C'EST VRAIMENT TRÈS BIZARRE !
NON... J'AI DIT "ÉTANCHE".
28-
VOUS NE DESCENDEZ PAS ?
AH ÇA NON ! NOUS ON A FINI - ET MAINTENANT, ON REMONTE !

THE FOOL
EUH... CONNAISSEZ-VOUS LE CHEMIN DE JÉRUSALEM ?
ÇA VA PAS, NON ? ON EST À WATERTOWN, ICI !... IN THE FREE LAND OF AMERICA !!!
29.

VOULEZ - VOUS QUE JE PRENNE UNE PHOTO ?
DU LIVRE ?
NON, DE SARA.
FLASH
IL EST TEMPS DE PARTIR.
LES OISEAUX NOUS ATTENDENT.
LES OISEAUX ? QUELS OISEAUX ?
CEUX-LÀ !

AAAAAAAAAH
... PUTAIN DE RÊVE ...
31-
IL FAUDRA ME RACONTER ÇA ...
MAINTENANT, HABILLEZ-VOUS, IL EST DÉJÀ NEUF HEURES.

JE VOUS ATTENDS EN BAS.
MAIS QU'EST-CE QU'IL ME VEUT, LUI ? C'EST PERSONNEL, UN RÊVE !
ALORS, CE RÊVE ?
DÉSOLÉ, MAIS J'AI TOUJOURS TROUVÉ QU'IL N'Y AVAIT RIEN DE PLUS ENNUYEUX QUE LES GENS QUI RACONTAIENT LEURS RÊVES. DONC, PERMETTEZ-MOI DE GARDER ÇA POUR MOI.
ENCORE UN PEU DE CAFÉ POUR CES MESSIEURS ?
NON, MERCI.
REGARDEZ, MON FRÈRE M'A ENVOYÉ UNE CARTE DE JÉRUSALEM ... ÉTONNANT, NON ???
JERUSALEM

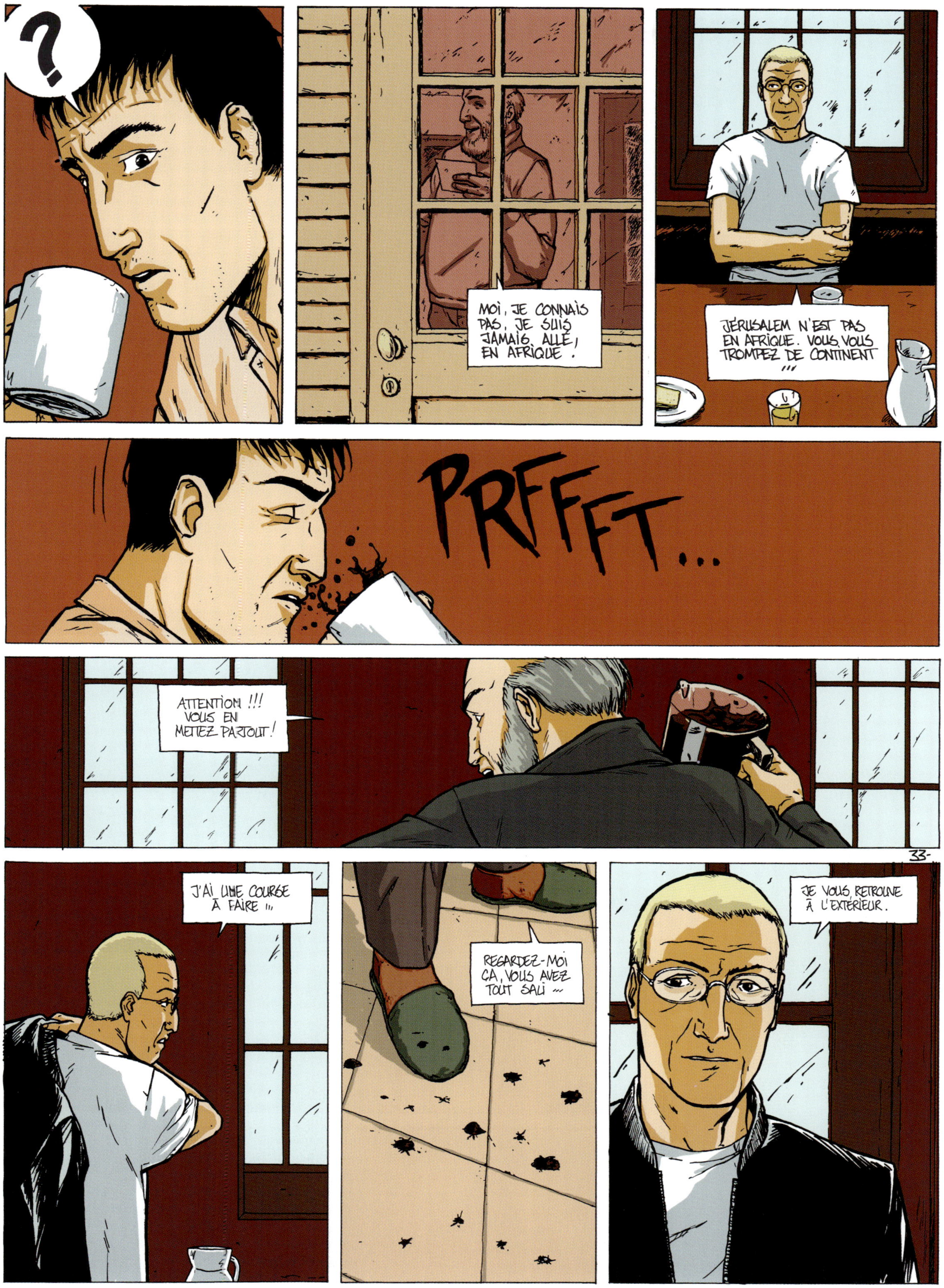
?
MOI, JE CONNAIS PAS, JE SUIS JAMAIS ALLÉ, EN AFRIQUE !
JÉRUSALEM N'EST PAS EN AFRIQUE. VOUS, VOUS TROMPEZ DE CONTINENT !!!
PRFFFT...
ATTENTION !!! VOUS EN METTEZ PARTOUT !
J'AI UNE COURSE À FAIRE ...
REGARDEZ-MOI ÇA, VOUS AVEZ TOUT SALI ...
JE VOUS RETROUVE À L'EXTÉRIEUR.

Watertown Shop
L'HEURE EST GRAVE, N'EST-CE PAS ?
... OUI, C'EST ÇA.
CLING
OH, MAIS JE VOUS CONNAIS, VOUS !
?
VOUS ÊTES DE RETOUR?
EUH... JE VOUS ATTENDS DEHORS ...
BANDE DE TARÉS !!
JE LE CONNAIS !!

VOUS ACHETIEZ QUOI ?
DES CARTES.
ENCORE?
EH OUI !
!
" LES OISEAUX NOUS ATTENDENT."
QUOI ?
35
NON , RIEN, CES OISEAUX ME RAPPELLENT MON RÊVE ...

VENEZ AVEC MOI.
QU'EST-CE QUE VOUS VOULEZ FAIRE ENCORE ?
DONNEZ-MOI LA PHOTO DE SARA.
NON MAIS, LÀ ÇA NE VA PLUS DU TOUT !
...MESSIEURS LES OISEAUX, CONNAISSEZ-VOUS CETTE FEMME ?
NE FAITES PAS L'ENFANT !
ALORS LÀ, BRAVO ! JE N'Y AURAIS PAS PENSÉ !!
?
HOTEL

MAIS, QU'EST-CE QU'ILS FONT, CES DEUX-LÀ ?
DANS L'ANTIQUITÉ, L'AUGURE DES OISEAUX ÉTAIT TRÈS UTILISÉ. FAITES-MOI CONFIANCE.
OUI, D'AILLEURS JE LES ENTENDS DÉJÀ SE CONCERTER.
REGARDEZ !
PANAMA, PASSEZ-MOI LES JUMELLES.
TENEZ...
LE TENNIS-CLUB.
WATERTOWN
Tennis-Club
37-
HEIN ?
REGARDEZ BIEN...

RÉVEILLEZ-VOUS !
OÙ SUIS-JE ?
EH BIEN... ! IL VOUS A SACRÉMENT AMOCHÉ. VOTRE AMI... NE VOUS INQUIÉTEZ PAS, J'AI TOUT VU.
OÙ ALLONS-NOUS ?
DE L'AUTRE CÔTÉ DU LAC. JE CROIS POUVOIR RETROUVER LA VOITURE DE VOTRE COLLÈGUE-
IL EST PARTI ?
AH ÇA, OUI ! JE NE SAIS PAS CE QUE VOUS FABRIQUEZ TOUS LES DEUX...
... MAIS VOUS N'ÊTES SÛREMENT PAS, DU MÊME BORD ! ATTENDEZ...
HÉ ! BOB !

TU N'AURAIS PAS VU UNE CHRYSLER NOIRE, PAR HASARD ?
UNE CHRYS... ?
HA ! SI, IL Y EN A UNE GARÉE DEVANT LE TENNIS-CLUB !
MERCI !
VRRROOo...
SALUT !!
VRROOUM...
39-
ARRÊTEZ-VOUS ! C'EST LA VOITURE DE FAUSTO !

MADEMOISELLE GRIMMLER !
... A... AU SECOURS ...
PAW
40.
FAUSTO ! QU'EST-CE QUE VOUS FAITES ?!
JE TERMINE LE TRAVAIL.

HEIN ?!!
... AU SECOURS !...
CLANG
NOOONNN...
MAIS QU'EST-CE QUI SE PASSE ICI ?!
FAUSTO ! MERDE ! MAIS VOUS ÊTES MALADE !!
... C'EST QUOI, ÇA ?!
LA FIN DE L'ENQUÊTE.

ET LE LIVRE?
LE VOILÀ ... NE VOUS INQUIÉTEZ PAS ...
MAIS QUI SONT CES GENS ???
BANG
42
...

AAAAHHHH...
MAIS QU'EST-CE QUE C'EST QUE CETTE HISTOIRE ?!
NE VOUS INQUIÉTEZ PAS, JE SUIS DE VOTRE CÔTÉ.
JE NE SAIS PAS POURQUOI, MAIS LA FAMILLE GRIMMLER S'EST SERVIE DE VOUS POUR RETROUVER LE LIVRE.
CES GENS SONT TRÈS DANGEREUX!!!

ILS APPARTIENNENT À UNE ORGANISATION SECRÈTE QUI CHERCHE À METTRE LA MAIN SUR DES CONNAISSANCES MAGIQUES, DONT CERTAINES SONT RECENSÉES DANS LE LIVRE QUE VOUS VOYEZ LÀ.
ET SARA ?
SARA GRIMMLER N'EXISTE PAS.
LA JEUNE FEMME QUE VOUS PRENIEZ POUR ELLE S'APPELAIT PATRICIA WEST. ELLE TRAVAILLAIT POUR NOUS ET S'ÉTAIT INFILTRÉE CHEZ LES GRIMMLER EN ENGAGEANT UNE BRÈVE LIAISON AVEC FAUSTO.
JE SUIS DÉSOLÉ DE VOUS LE DIRE, MAIS CES GENS VOUS ONT BERNÉ SUR TOUTE LA LIGNE.
AH OUI ?
C'EST BIEN DOMMAGE !
COGN

XIII

RASSAT · MARTINEZ · GIBBÖN 2002-

FIN DE LA PREMIÈRE PARTIE -